COLLECTION CH. SEDELMEYER

PREMIÈRE VENTE

TABLEAUX

Des Écoles anglaise et française du XVIIIe siècle

Le Jeudi 16, Vendredi 17 et Samedi 18 Mai 1907

A DEUX HEURES

GALERIE SEDELMEYER, 4bis, rue de La Rochefoucauld

Exposition particulière : Mardi 14 mai 1907, de 10 à 6 heures.
— *publique :* Mercredi 15 mai 1907, de 10 à 6 heures.

———— ❊ ————

Commissaire-Priseur :	*Expert :*
Me Paul CHEVALLIER	Jules FÉRAL
10, rue de la Grange-Batelière	7, rue Saint-Georges

CONDITIONS DE LA VENTE

La vente sera faite au comptant.

Les acquéreurs paieront **dix pour cent** *en sus des enchères.*

TABLEAUX DE L'ÉCOLE ANGLAISE

<table>
<tr><td>Prix
d'expertise</td><td></td><td>Prix
d'adjudication</td></tr>
</table>

1. BEECHEY (Sir William). *Portrait de Mrs Merry.*
Panneau. — H., 0,725 ; L., 0,595.

2. BEECHEY (Sir William). *Portrait de Lady Stanhope.*
Toile de forme ovale. — H., 0,59 ; L., 049.

3. BEECHEY (Sir William). *Portrait de John Bannister.*
Toile. — H., 0,75 ; L., 0,62.

4. BEECHEY (Sir William). *Portrait de Lady Spencer.*
Toile. — H., 0,74 ; L., 0,615.

5. BEECHEY (Sir William). *Portrait de l'Amiral Douglas.*
Toile. — H., 0,50 ; L., 0,49.

6. BONINGTON (Richard Parkes). *Louis XIV et Marie Mancini.*
Toile. — H., 0,445 ; L., 0,54.

7. BONINGTON (Richard Parkes). *François Ier et Charles-Quint.*
Panneau. — H., 0.34 ; L., 0,445.

8. BONINGTON (Richard Parkes). *Le Page.*
Panneau. — H., 0,50 ; L., 0,36.

9. BONINGTON (Richard Parkes). *La Sieste.*
Toile. — H., 0,465 ; L., 0,39.

10. BONINGTON (Richard Parkes). *Dévotion.*
Toile. — H., 0,45 ; L., 0,37.

11. BONINGTON (Richard Parkes). *Vue de Caen.*
Toile. — H., 0,38 ; L., 0,55.

12. BONINGTON (Richard Parkes). *L'Arrivée du Bateau de Pêche.*
Toile. — H., 0,655 ; L., 0,81.

13. BONINGTON (Richard Parkes). *Château de Falaise.*
Toile. — H., 0,50 ; L., 0,79.

14. BONINGTON (Richard Parkes). *Environs de Dunkerque.*
Toile. — H., 0,275 ; L., 0,445.

15. BONINGTON (Richard Parkes). *Paysage.*
Panneau. — H., 0,27 ; L., 0,40.

16. BONINGTON (Richard Parkes). *Bord de Mer.*
Toile. — H., 0,50 ; L., 0,305.

17. BONINGTON (Richard Parkes). *Marine.*
Toile. — H., 0,315 ; L., 0,45.

18. BONINGTON (Richard Parkes). *Marine.*
Toile. — H., 0,305 ; L., 0,445.

19. **BONINGTON (Richard Parkes)**. *Petite Plage.*
Panneau. — H., 0,20; L., 0,30. ....

20. **BRISTOW (Edward)**. *Intérieur de Ferme.*
Panneau. — H., 0,495; L., 0,65. ....

21. **COLLINS (William)**. *La Balançoire.*
Panneau. — H., 0,175; L., 0,195. ....

22. **CONSTABLE (John)**. *Bords de la Rivière Stour, Suffolk.*
Toile. — H., 0,755; L., 1,18. ....

23. **CONSTABLE (John)**. *La Vallée de la Rivière Stour.*
Toile. — H., 0,595; L., 0,98. ....

24. **CONSTABLE (John)**. *Glebe Farm.*
Toile. — H., 0,45; L., 0,64. ....

25. **CONSTABLE (John)**. *Vue d'Edimbourg.*
Toile. — H., 0,675; L., 0,99. ....

26. **CONSTABLE (John)**. *Petite Marine agitée.*
Panneau. — H., 0,175; L., 0,20. ....

27. **CONSTABLE (John)**. *Vue de Hastings.*
Panneau. — H., 0,25; L., 0,33. ....

28. **CONSTABLE (John)**. *La Baie de Whitestable.*
Toile. — H., 0,25; L., 0,455. ....

29. **CONSTABLE (John)**. *Baie près de Cromer.*
Panneau. — H., 0,30; L., 0,465. ....

30. **CONSTABLE (John)**. *Le Cottage de Gandish à East Bergholt. Effet d'Hiver.*
Toile. — 0,345; L., 0,435. ....

31. **CONSTABLE (John)**. *Vue à Winchmore Hill, Middle-Essex.*
Toile. — H., 0,615; L., 0,735. ....

32. **CONSTABLE (John)**. *Chantier pour la Construction des Bateaux.*
Toile. — H., 0,495; L., 0,75. ....

33. **CONSTABLE (John)**. *La Vallée de Dedham.*
Toile. — H., 0,675; L., 1,05. ....

34. **CONSTABLE (John)**. *La Vallée de Dedham.*
Toile. — H., 0,71; L., 0,95. ....

35. **CONSTABLE (John)**. *Portrait de Femme.*
Toile. — H., 0,73.; L., 0,62. ....

36. **CONSTABLE (John)**. *L'Enfant à la Chèvre.*
Toile. — H., 0,51; L., 0,41. ....

37. **CONSTABLE (John)**. *L'Étude en Forêt.*
Toile. — H., 0,30; L., 0,38 ....

38. CONSTABLE (John). *La Ferme.*

Toile. — H., 0,505; L., 0,435.

39. CONSTABLE (John). *Moulin à Eau.*

Toile. — H., 0,425; L., 0,505.

40. CONSTABLE (John). *Étude d'Arbres.*

Toile. — H., 0,31; L., 0,38.

41. CONSTABLE (John). *Le Moulin de Stratford, Dedham.*

Toile. — H., 0,435; L., 0,54.

42. CONSTABLE (John). *Palissade bordant un Chemin.*

Toile. — H., 0,345; L., 0,425.

43. CONSTABLE (John). *Église Sainte-Marie, à Stratford, près de Dedham.*

Panneau. — H., 0,25; L., 0,325.

44. CONSTABLE (John). *Paysage (Esquisse).*

Carton. — H., 0,17; L., 0,245.

45. CONSTABLE (John). *Paysage d'Été (Esquisse).*

Carton. — H., 0,17; L., 0,25.

46. CONSTABLE (John). *Paysage.*

Carton. — H., 0,29; L., 0,25.

47. CONSTABLE (John). *Fillette dans un Paysage.*

Carton. — H., 0,28; L., 0,24.

48. CONSTABLE (John). *Le Champ.*

Panneau. — H., 0,125; L., 0,22.

49. CONSTABLE (John). *La Vallée de Dedham (Grisaille).*

Toile. — H., 0,595; L., 0,485.

50. CONSTABLE (John). *Bords de Rivière.*

Carton. — H., 0,155; L., 0,13.

51. CONSTABLE (John). *Bœufs au Pâturage : Étude.*

Panneau. — H., 0,16; L., 0,32.

52. CONSTABLE (John). *Le Chemin tournant.*

Panneau. — H., 0,16; L., 0,25.

53. CORBOULD (Richard). *L'Idylle au Bois.*

Toile. — H., 0,485; L., 0,59.

54. COTES (Francis). *La Femme à la Fleur de Soleil.*

Toile. — H., 0,74; L., 0,615.

55. COTES (Francis). *Portrait de Lady Williams.*

Toile. — H., 0,65; L., 0,525.

56. COTES (Francis). *Portrait d'un jeune Garçon.*

Toile. — H., 0,85; L., 0,66.

57. COTMAN (James Sell). *Marine.*

Toile. — H., 0,575; L., 0,80.

58. CROME (John), le Vieux (attribué à). *Paysage panoramique.*

Toile. — H., 0,585; L., 0,76.

59. CROME (John), le Jeune. *View on the River Yare.*

Toile. — H., 0,35; L., 0,40.

60. DOBSON (William). *Portrait de Charles Ier d'Angleterre.*

Toile. — H., 1,24; L., 0,995.

61. DOBSON (William). *Portrait d'un jeune Prince.*

Toile. — H., 0,74; L., 0,62.

62. ÉCOLE ANGLAISE (XVIIIe siècle). *Portrait d'Homme.*

Toile. — H., 0,63; L., 0,52.

63. ÉCOLE ANGLAISE (XVIIIe siècle). *Jeune Fille à l'Écharpe.*

Toile de forme ovale. — H., 0,71; L., 0,58.

64. ETTY (William). *Étude.*

Toile. — H., 0,55; L., 0,375.

65. ETTY (William). *Après le Bain.*

Panneau. — H., 0,71; L., 0,52.

66. ETTY (William). *Le Miroir de la Nymphe.*

Panneau. — H., 0,63; L., 0,47.

67. GAINSBOROUGH (Thomas). *Portrait du Prince de Galles.*

Toile. — H., 0,72; L., 0,57.

68. GAINSBOROUGH (Thomas). *Portrait d'Homme.*

Toile. — H., 0,75; L., 0,62.

69. GAINSBOROUGH (Thomas). *Portrait d'une Princesse Royale.*

Toile. — H., 0,75; L., 0,605.

70. GAINSBOROUGH (Thomas). *Portrait de Miss Boone.*

Toile. — H., 0,75; L., 0,625.

71. GAINSBOROUGH (Thomas). *Portrait de jeune Femme.*

Toile. — H., 0,605; L., 0,44.

72. GAINSBOROUGH (Thomas). *Portrait de Miss Edgar.*

Toile de forme ovale. — H., 0,65; L., 0,52.

73. GAINSBOROUGH (Thomas). *La Fillette au Chien.*

Toile. — H., 1,02; L., 0,765.

74. GAINSBOROUGH (Thomas). *La Hutte dans la Forêt.*

Toile. — H., 0,61; L., 0,74.

75. GAINSBOROUGH (Thomas). *Le Moulin.*

Toile. — H., 0,42; L., 0,525.

76. GAINSBOROUGH (Thomas) (attribué à). *Portrait de Miss Edgar.*
Toile. — H., 0,56; L., 0,46. ....

77. GOOD (Thomas Sword). *Le Repos des Contrebandiers.*
Panneau. — H., 0,36; L., 0,43. ....

78. GOOD (Thomas Sword). *La Chanson.*
Panneau. — H., 0,24; L., 0,185. ....

79. GOOD (Thomas Swood). *La Leçon de Musique.*
Panneau. — H., 0,24; L., 0,18. ....

80. HARLOW (George Henry). *La Musicienne (Portrait de la Comtesse d'Essex).*
Toile. — H., 1,10; L., 0,845. ....

81. HARLOW (George Henry). *Portrait de jeune Femme en Robe blanche.*
Toile. — H., 0,645; L., 0,555. ....

82. HARLOW (George Henry). *Portrait de jeune Femme en Robe noire.*
Toile. — H., 0,745; L., 0,62. ....

83. HARLOW (George Henry). *Buste de Femme.*
Toile de forme ovale. — H., 0,59; L., 0,495. ....

84. HOPPNER (John). *Portrait présumé de Mrs. Fitz Herbert.*
Toile de forme ovale. — H., 0,595; L., 0,49. ....

85. HOPPNER (John). *Portrait de Mrs Home.*
Toile. — H., 1,265; L., 1,01. ....

86. HOPPNER (John). *Portrait de Miss Raine.*
Toile. — H., 0,745; L., 0,62. ....

87. HOPPNER (John). *Portrait de jeune Femme.*
Portrait de forme ovale. — H., 0,73; L., 0,60. ....

88. HOPPNER (John). *Portrait de Mrs. Jordan.*
Toile de forme ovale. — H., 0,74; L., 0,605. ....

89. HOPPNER (John). *Jeune Femme en noir.*
Toile de forme ovale. — H., 0,75; L., 0,60 ....

90. HOPPNER (John). *Portrait de Mrs. Arbuthnot.*
Toile de forme ovale. — H., 0,73; L., 0,625. ....

91. HOPPNER (John). *Portrait d'Homme.*
Toile. — H., 0,76; L., 0,62. ....

92. KNELLER (Sir Godfrey). *Portrait d'une jeune Femme en Toilette bleue.*
Toile. — H., 1,25; L., 1,00. ....

93. KNELLER (Sir Godfrey). *Portrait de Mr. Whitley, fils du Colonel Roger Whitley.*
Toile. — H., 1,155; L., 0,975. ....

94. **KNELLER (Sir Godfrey).** *Portrait d'un jeune Prince.*
Toile. — H., 1,58; L., 1,00. ....

95. **KNELLER (Sir Godfrey).** *Portrait de jeune Femme.*
Toile. — H., 0,725; L., 0,585. ....

96. **LAWRENCE (Sir Thomas).** *Portrait de Mrs. Tyrell.*
Toile. — H., 0,745; L., 0,62. ....

97. **LAWRENCE (Sir Thomas).** *Portrait de Charles Binny et de ses deux Filles.*
Toile. — H., 2,38; L., 1,82. ....

98. **LAWRENCE (Sir Thomas).** *Portrait de Miss Brummel.*
Toile. — H., 0,87; L., 0,78. ....

99. **LAWRENCE (Sir Thomas).** *Portrait de Caroline Fry.*
Toile. — H., 0,745; L., 0,62. ....

100. **LAWRENCE (Sir Thomas).** *Portrait de Miss Crocker.*
Toile. — H., 0,765; L., 0,63. ....

101. **LAWRENCE (Sir Thomas).** *Portrait de la Comtesse de Darnley.*
Toile. — H., 0,45; L., 0,355. ....

102. **LAWRENCE (Sir Thomas).** *Buste de jeune Femme.*
Toile. — H., 0.595; L., 0,495. ....

103. **LAWRENCE (Sir Thomas).** *Portrait de jeune Garçon.*
Toile. — H., 0,335; L., 0,265. ....

104. **LAWRENCE (Sir Thomas).** *Portrait de jeune Femme.*
Toile de forme ovale. — H., 0,52; L., 0,40. ....

105. **LAWRENCE (Sir Thomas).** *Buste de jeune Femme.*
Toile de forme ovale. — H., 0,52; L., 0,42. ....

106. **LEE (Frederick Richard).** *Paysage.*
Toile. — H., 1,15: L., 1,52. ....

107. **LELY (Sir Peter).** *Portrait de Femme.*
Toile. — H., 1,11; L., 0,86. ....

108. **LELY (Sir Peter).** *Portrait d'une Princesse d'Orange.*
Toile. — H., 1,24: L., 0,95. ....

109. **MORLAND (George).** *Les Patineurs.*
Toile. — H., 0,68; L., 0,88. ....

110. **MORLAND (George).** *Les Bûcherons.*
Toile. — H., 0,60; L., 0,445. ....

111. **MORLAND (George).** *Jeune Fille au Bord de l'Eau.*
Panneau. — H., 0.325; L., 0,24. ....

112. **MORLAND (George).** *Le Repos du Bûcheron.*
Toile. — H., 0,70: L., 0,895 ....

113. **MORLAND (George).** *Paysage et Chaumière.*
Toile.— H., 0,40; L., 0,505.

114. **MORLAND (George).** *Bûcherons. — Hiver.*
Toile. — H., 0,415; L., 0,33.

115. **MORLAND (George).** *Bûcherons.*
Toile. — H., 0,30; L., 0,37.

116. **MORLAND (George).** *Vue de la Baie de Freshwater, Isle de Wight.*
Toile. — H., 0,29; L., 0,37.

117. **MORLAND (George).** *Faisan et Chien.*
Toile. — H., 0,29; L., 0,365.

118. **OPIE (John).** *Jeune Fille.*
Toile. — H., 0,74; L., 0,62.

119. **PRIEST (Thomas).** *Vaches au Bord des Étangs.*
Toile. — H., 0,345; L., 0,525.

120. **RAEBURN (Sir Henry).** *Portrait du Major Hope.*
Toile. — H., 0,74; L., 0,61.

121. **RAEBURN (Sir Henry).** *Portrait de George IV, d'Angleterre.*
Toile. — H., 0,70; L., 0,585.

122. **RAEBURN (Sir Henry).** *Portrait d'Homme âgé.*
Toile. — H., 0,75; L., 0,62.

123. **RAEBURN (Sir Henry).** *Portrait du Colonel Ramsay et de sa Femme.*
Toile. — H., 1,25; L., 1,00.

124. **RAEBURN (Sir Henry).** *Portrait de Mrs. Pattison, née Margaret Moncrieff.*
Toile. — H., 1,25; L., 1,00.

125. **RAEBURN (Sir Henry).** *Portrait de Mrs. James Monteith, née Miss Margaret Thomson, de Camphill.*
Toile. — H., 0,75; L., 0,62.

126. **RAEBURN (Sir Henry).** *Portrait de John Murray et de son Frère.*
Toile. — H., 1,23; L., 0,98.

127. **RAEBURN (Sir Henry).** *Portrait de Lady Ramsey.*
Toile. — H., 0,75; L., 0,62.

128. **RAEBURN (Sir Henry).** *Portrait de jeune Femme.*
Toile. — H., 0,625; L., 0,495.

129. **REYNOLDS (Sir Joshua).** *Portrait de Mrs. Schindlerin.*
Toile de forme ovale. — H., 0,715; L., 0,59.

130. **REYNOLDS (Sir Joshua).** *Portrait de Lord Mulgrave, Enfant.*
Toile. — H., 0,895; L., 0,695.

131. **REYNOLDS (Sir Joshua).** *Résignation.*

Toile. — H., 1,245; L., 0,99.

132. **REYNOLDS (Sir Joshua).** *Portrait de Francis, dixième Comte de Huntingdon.*

Toile. — H., 1,25; L., 1,00.

133. **REYNOLDS (Sir Joshua).** *Portrait d'Homme.*

Toile. — H., 1,25; L., 1,00.

134. **REYNOLDS (Sir Joshua).** *Portrait de Lady Sondes.*

Toile. — H., 0,74; L., 0,585.

135. **REYNOLDS (Sir Joshua).** *Portrait de Sedgwick Avoué et Rapporteur de la Commission du Commerce.*

Toile. — H., 0,745; L., 0,615.

136. **REYNOLDS (Sir Joshua).** *Portrait de Mary Whar ton, plus tard Mrs. Garland.*

Toile. — H., 0,71; L., 0,59.

137. **REYNOLDS (Sir Joshua).** *Portrait d'une jeune Femme avec un Manchon.*

Toile. — H., 0,745; L., 0,615.

138. **REYNOLDS (Sir Joshua).** *Portrait de Lady Courtenay.*

Toile. — H., 0,565; L., 0,475.

139. **REYNOLDS (Sir Joshua).** *Lady Mary Isabelle Somerset, Enfant.*

Toile. — H., 0,525; L., 0,42.

140. **REYNOLDS (Sir Joshua).** *Portrait de Jean, Marquis de Granby.*

Toile. — H., 0,90; L., 0,70.

141. **REYNOLDS (Sir Joshua).** *Portrait du Général Stringer Lawrence.*

Toile de forme ovale. — H., 0,735; L., 0,605.

142. **REYNOLDS (Sir Joshua).** *L'Amour et Vénus.*

Panneau. — H., 0,21; L., 0,305.

143. **REYNOLDS (Sir Joshua).** *Jeunesse d'Hercule (Grisaille).*

Toile. — H., 0,595; L., 0,595.

144. **REYNOLDS (Sir Joshua).** *Lady Marie Leslie (Esquisse).*

Toile. — H., 0,41; L., 0,295.

145. **ROMNEY (George).** *Portrait de Miss Elisabeth Tighe.*

Toile. — H., 0,81; L., 0,65.

146. **ROMNEY (George).** *Lady Hamilton en Ariane.*

Toile. — H., 0,79; L., 0,605.

147. **ROMNEY (George).** *Portrait de Miss Gore.*

Toile. — H., 2,22; L., 1,31.

148. ROMNEY (George). *La Veuve.*

Toile. — H., 0,745 ; L., 0,615.

149. ROMNEY (George). *Portrait de Lady Waldegrave.*

Toile. — H., 0,46 ; L., 0,33.

150. ROMNEY (George). *Portrait de la Marquise de Hertfort, Enfant.*

Toile. — H., 0,42 ; L., 0,335.

151. ROMNEY (George). *Portrait de John Dawes.*

Toile. — H., 0,89 ; L., 0,69.

152. ROMNEY (George). *La jeune Fille aux Fleurs.*

Toile. — H., 0,75 ; L., 0,62.

153. ROMNEY (George). *Daphnis et Chloé.*

Toile. — H., 1,00 ; L., 1,24.

154. ROMNEY (George). *Jeune Fille lisant.*

Toile. — H., 0,40 ; L., 0,35.

155. ROMNEY (George). *Portrait du Frère de l'Artiste. (Effet de Lumière.*

Toile. — H., 0,405 ; L., 0,32.

156. ROMNEY (George). *Amour et Psyché.*

Toile. — H., 1,25 ; L., 1,00.

157. RUSSELL (John). *Portrait de Miss Gollighby.*

Pastel de forme ovale. — H., 0,595 ; L., 0,44.

158. RUSSELL (John). *Portrait de Lady Boyd, petite-fille du 3ᵉ Comte d'Oxford.*

Pastel. — H., 0,60 ; L., 0,45.

159. STANNARD (Joseph). *Devant la Ferme.*

Toile. — H., 0,425 ; L., 0,525.

160. STARK (James). *A l'Entrée de l'Allée.*

Toile. — H., 0,45 ; L., 0,60.

161. TURNER (Joseph Mallord William). *Le Lac de Thun.*

Toile. — H., 0,70 ; L., 0,90.

162. VINCENT (George). *Le Moulin à Eau.*

Toile. — H., 0,475 ; L., 0,625.

163. WALKER (Robert). *Portrait de Robert Tompson, Major-Général de Cromwell.*

Toile. — H., 0,73 ; L., 0,605.

164. WHEATLEY (Francis). *Le Bac.*

Toile. — H., 0,45 ; L., 0,55.

165. WHEATLEY (Francis). *La Découverte.*

Toile. — H., 0,34 ; L., 0,425.

166. WILKIE (Sir David). *John Knox, prêchant devant les Lords de la Congrégation (10 juin 1559).*

Toile. — H., 0,45 ; L., 0,53.

.... **167.** **WILKIE (Sir David).** *Le Repos du Chasseur.*

Toile. — H., 0,78; L., 1,08. ....

.... **168.** **WYATT (Henry).** *Portrait de Miss Greatorex.*

Toile. — H., 0,60; L., 0,70 ....

TABLEAUX DE L'ÉCOLE FRANÇAISE

.... **169.** **AVED (Jacques-André-Joseph).** *Portrait de M. Roques.*

Toile. — H., 0,97; L., 0,80. ....

.... **170.** **BAR (Bonaventure de).** *La Noce champêtre.*

Toile. — H., 0,73; L., 0,91. ....

.... **171.** **BOUCHER (François).** *Le Moulin à Eau.*

Toile. — H., 0,61; L., 0,87. ....

.... **172.** **BOUCHER (Francois).** *Paysage.*

Toile. — H., 0,485; L., 0,595. ....

.... **173.** **BOUCHER (François).** *La jolie Pêcheuse.*

Toile. — H., 0,80; L., 1,00. ....

.... **174.** **BOUCHER (François).** *Dans la Solitude.*

Toile. — H., 0,44; L., 0,54. ....

.... **175.** **BOUCHER (François).** *La belle Endormie.*

Toile. — H., 0,44; L., 0,54. ....

.... **176.** **BOUCHER (François).** *L'Amour va être pris.*

Toile. — H., 0,44; L., 0,54. ....

.... **177.** **BOUCHER (François).** *L'Amour est enchaîné.*

Toile. — H., 0,44; L., 0,54. ....

.... **178.** **BOUCHER (François).** *Pastorale.*

Toile. — H., 0,955; L., 1,28. ....

.... **179.** **BOUCHER (François).** *Pêcheur au Bord du Gave.*

Toile. — H., 0,91; L., 0,825. ....

.... **180.** **BOUCHER (François).** *Bacchante endormie. Faune et Amours.*

Cuivre. — H., 0,345; L., 0,255 ....

.... **181.** **BOUCHER (Francois) (Atelier de).** *Le Printemps.*

Toile de forme ovale. — H., 0,68; L., 0,79. ....

.... **182.** **BOUCHER (François) (Atelier de).** *L'Été.*

Toile de forme ovale. — H., 0,68; L., 0,79. ....

.... **183.** **BOUCHER (François) (Atelier de).** *L'Automne.*

Toile de forme ovale. — H., 0,68; L., 0,79. ....

.... **184.** **BOUCHER (François) (Atelier de).** *L'Hiver.*

Toile de forme ovale. — H., 0,68; L., 0,79. ....

185. **BOUCHER (François) (Atelier de).** *Vénus et l'Amour.*
Toile. — H., 0,53; L., 0,76. ....

186. **CHALLE (Charles-Michel-Ange).** *La Comparaison.*
Toile. — H., 0,39; L., 0,295. ....

187. **CHAMPAIGNE (Philippe de).** *Moïse*
Toile. — H., 0,89; L., 0,70. ....

188. **CHARDIN (Jean-Baptiste-Siméon).** *Jeune Garçon faisant un Château de Cartes.*
Toile de forme ovale. — H., 0,79; L., 0,625. ....

189. **CHARDIN (Jean-Baptiste-Siméon).** *Le Château de Cartes.*
To — H., 0,63; L., 0,85. ....

190. **COYPEL (Noël).** *Le Clavecin.*
Toile. — H., 0,695; L., 1,475. ....

191. **COYPEL (Noël).** *Le Concert.*
Toile. — H., 0,745; L., 1,32. ....

192. **DESPORTES (François).** *Chiens et Chats.*
Toile. — H., 1,00; L., 1,25. ....

193. **DROUAIS (François-Hubert).** *Portrait de jeune Femme.*
Toile de forme ovale. — H., 0,705; L., 0,565. ....

194. **DUPLESSIS (Joseph-Silfrède).** *Portrait de Louis Dussieux.*
Toile. — H., 0,94; L., 0,76. ....

195. **ÉCOLE FRANÇAISE (XVIIIᵉ siècle).** *Jeux d'Enfants : Le Palet.*
Toile. — H., 1,12; L., 1,44. ....

196. **ÉCOLE FRANÇAISE (XVIIIᵉ siècle).** *Jeux d'Enfants : La Raquette.*
Toile. — H., 1,12; L., 1,44. ....

197. **ÉCOLE FRANÇAISE (XVIIIᵉ siècle).** *La jeune Femme au Bonnet blanc.*
Toile. — H., 0,42; L., 0,32. ....

198. **ÉCOLE FRANÇAISE (XVIIIᵉ siècle).** *La jeune Femme à la Guirlande fleurie.*
Toile. — H., 0,88; L., 0,72. ....

199. **ÉCOLE FRANÇAISE (XVIIIᵉ siècle).** *Portrait de Femme.*
Pastel — H., 0,595; L., 0,44. ....

200. **ÉCOLE FRANÇAISE (XVIIIᵉ siècle).** *Portrait de Femme.*
Pastel. — H., 0,595; L., 0,44. ....

201. **FRAGONARD (Jean-Honoré).** *Le Réveil de Vénus.*
Toile. — H., 0,93; L., 1,29. ....

202. **FRAGONARD (Jean-Honoré).** *L'Amour.*
Toile de forme ovale. — H., 0,53; L., 0,435. ....

203. GELÉE (Claude), dit le Lorrain. « *Noli me tangere* ».

Toile. — H., 0,825; L., 1,39.

204. GÉRARD (Baron). *Portrait de Mme de la Pleigne*.

Toile. — H., 1,14; L., 0,875.

205. GRASSI (Joseph) (Attribué à). *La Femme au Châle jaune*.

Toile. — H., 1,05; L., 0,86.

206. GREUZE (Jean-Baptiste). *Le Réveil*.

Toile. — H., 1,27; L., 0,95.

207. GREUZE (Jean-Baptiste). *Déception*.

Panneau de forme ovale. — H., 0,55; L., 0,43.

208. GREUZE (Jean-Baptiste). *Les Blés*.

Toile. — H., 0,79; L., 1,01.

209. GREUZE (Jean-Baptiste). *Les Foins*.

Toile. — H., 0,69; L., 1,01.

210. GREUZE (Jean-Baptiste). *Les deux Sœurs*.

Toile. — H., 0,58; L., 0,72.

211. LA FOSSE (Charles de). *Le Triomphe d'Amphitrite*.

Toile. — H., 0,78; L., 0,92.

212. LANCRET (Nicolas). *Le Menuet*.

Toile de forme ronde. — 0,095 de D.

213. LARGILLIÈRE (Nicolas de). *Portrait d'une Dame et de sa Fille*.

Toile. — H., 1,58; L., 1,28.

214. LARGILLIÈRE (Nicolas de). *Portrait de Mme de Noirmont*.

Toile. — H., 1,36; L., 1,05.

215. LARGILLIÈRE (Nicolas de). *Portrait de Femme*.

Toile. — H., 0,77; L., 0,625.

216. LARGILLIÈRE (Nicolas de). *Portrait de Femme*.

Toile de forme ovale. — H., 0,82; L., 0,63.

217. LARGILLIÈRE (Nicolas de). *Femme au Corsage bleu*.

Toile. — H., 0,90; L., 0,71.

218. LARGILLIÈRE (Nicolas de). *Jeune Femme à la Ceinture noire*.

Toile. — H., 0,725; L., 0,565.

219. LARGILLIÈRE (Nicolas de). *Jeune Femme au Corsage rouge*.

Toile de forme ovale. — H., 0,665; L., 0,54.

220. LE MOINE (François) (Attribué à). *Offrande à l'Amour*.

Toile. — H., 0,65; L., 0,535.

221. LE NAIN (Les Frères). *Les Buveurs*.

Toile. — H., 1,03; L., 1,19.

222. LE NAIN (Les Frères). *Scène de Paysans.*

Toile. — H., 0,55 ; L., 0,66.

223. LE NAIN (Les Frères). *Famille de Paysans.*

Toile. — H. 0,97 ; L., 1,01.

224. LE NAIN (Les Frères). *Paysans Français.*

Toile. — H., 0,49 ; L., 0,58.

225. LOO (Jean-Baptiste van). *Portrait d'une Femme de Qualité.*

Toile. — H., 0,81 ; L., 0,645.

226. LOO (Jean-Baptiste van). *Portrait de la Comtesse della Rena.*

Toile. — H., 0,91 ; L., 0,73.

227. LOO (Louis-Michel van). *Portrait de Turgot.*

Toile. — H., 0,985 ; L., 0,78.

228. NATOIRE (Charles-Joseph). *Bacchante.*

Toile. — H., 0,70 ; L., 0,53.

229. NATTIER (Jean-Marc). *Portrait de Marie Leczinska.*

Toile de forme ovale. — H., 0,725 ; L., 0,585.

230. NATTIER (Jean-Marc). *Portrait de jeune Fille.*

Toile de forme ovale. — H., 0,575 ; L., 0,47.

231. NATTIER (Jean-Marc). *Portrait de M*^{me}* de Flavacourt en Diane.*

Toile. — H., 0,63 : L., 0,52.

232. NONNOTTE (Donatien). *Portrait de M*^{me}* de Sevré.*

Toile. — H., 0,81 ; L., 0,65.

233. PATER (Jean-Baptiste-Joseph). *Les Fiançailles dans le Parc.*

Toile. — H., 0,87 ; L., 1,10.

234. PATER (Jean-Baptiste-Joseph). *La Cueillette de Roses.*

Toile. — H., 0,515 ; L., 0,635.

235. PATER (Jean-Baptiste-Joseph). *La Romance.*

Toile. — H., 0,515 ; L., 0,635.

236. PATER (Jean-Baptiste-Joseph). *La Chiromancienne.*

Toile. — H., 0,33 ; L., 0,43.

237. PATER (Jean-Baptiste-Joseph). *Fête Galante.*

Toile. — H., 0,485 ; L., 0,65.

238. PRUD'HON (Pierre). *La Vertu aux Prises avec le Vice.*

Toile. — H., 0,445 : L., 0,355.

239. ROSALBA-CARRIERA. *Portrait de jeune Femme.*

Pastel. — H., 0,53 ; L., 0,42.

240. SAINT-AUBIN (Gabriel de) (attribué à). *Boulevard du Temple.*

Panneau. — H., 0,415 ; L., 0,585.

241. **SAINT-AUBIN (Gabriel de)** (attribué à). *La Fête à Saint-Cloud.*

Toile. — H., 0,45 ; L., 0,58. ....

242. **SANTERRE (Jean-Baptiste).** *La petite Fille à la Perruche.*

Toile. — H., 0,795 ; L., 0,62. ....

243. **SANTERRE (Jean-Baptiste).** *Jeune Femme à la Lettre.*

Toile. — H., 0,80 ; L., 0,645. ....

244. **TOCQUÉ (Louis).** *Portrait d'Homme.*

Toile. — H., 0,715 ; L., 0,585. ....

245. **TOURNIÈRES (Robert Le Vrac).** *Portrait d'une Cantatrice.*

Toile. — H., 0,845 ; L., 0,67. ....

246. **TROY (Jean-François de).** *Portrait de Femme.*

Toile de forme ovale. — H., 0,73 ; L., 0,585. ....

247. **VALLAYER-COSTER.** *Pêches et Cerises.*

Toile. — H., 0,365 ; L., 0,47. ....

248. **VESTIER (Antoine).** *Jeune Fille en Robe blanche.*

Toile de forme ovale. — H., 0,72 ; L., 0,58. ....

249. **VIGÉE-LEBRUN (Mᵐᵉ Louise-Élisabeth).** *Portrait de l'Artiste.*

Toile. — H., 0,59 ; L., 0,465. ....

250. **VIGÉE-LEBRUN (Mᵐᵉ Louise-Élisabeth).** *Les deux Sœurs.*

Toile de forme ovale. — H., 0,70 ; L., 0,62. ....

251. **VIGÉE-LEBRUN (Mᵐᵉ Louise-Élisabeth).** *Portrait de Mrs. Chinnery.*

Toile. — H., 0,89 ; L., 0,685. ....

252. **VIGÉE-LEBRUN (Mᵐᵉ Louise-Élisabeth).** *Portrait de Femme assise.*

Toile. — H., 0,81 ; L., 0,64. ....

253. **VIGÉE-LEBRUN (Mᵐᵉ Louise-Élisabeth).** *Femme en blanc.*

Toile. — H., 0,995 ; L., 0,84. ....

254. **WATTEAU (Antoine).** *La Lorgneuse.*

Panneau. — H., 0,32 ; L., 0,235. ....

255. **WATTEAU (Antoine).** *Jeu d'Amours.*

Toile. — H., 0,29 ; L., 0,345. ....